光のギフト

ライトワーカーれい華のフォトブック

ライトワーカーれい華

たま出版

「オープンハート」

誰かが
私のハートをノックしている
もっとハートをオープンにしなさいと
誰？　誰なの？

私のハートには愛があると教えている
私のハートには愛の泉があると教えている
私のハートは慈悲の愛で溢れていると教えている

オープン　ハート　プリーズ

「もらっていいよ」

心がほしいと思ったら
さからわないで　もらうといい
我慢しなくていいんだよ
素直になっていいんだよ
もらう権利がないと思うことはない

たくさん　たくさん
しあわせになって
笑顔いっぱいの　君が見たいから

「サイン」

青く輝く光がいつも私のそばにいる
ハイヤーセルフみたいだ
いいよ　それってＯＫ　というときに
目の前に現れ青く輝く

だいじょうぶ　ひとりじゃないよ
いつもあなたのそばにいるよ　といっているようだ
私たちはいつも高次の存在に守られています
そのことを忘れないでください
決してひとりではないということを
あなたが困らないように
なにかサインで教えてくれてるはず
あたたかいまなざしをあなたにおくっているのです

「テレパシー」

はるか遠くから私を呼ぶ声がする
ここだよ　ここだよ
いつもあなたを見てるの　わかる？
いつもあなたに話しているの　わかる？

私たちは時をこえ
次元をこえて暮らしているけど
魂は繋がっているんだよ

あなたに会いたいと思うとき
あなたと話したいと思うとき
テレパシーで会っているのさ
次元をこえてね
あなたのこと忘れたくないから

「秘密」

心のなかにずーっと閉じこめた秘密
いつだったか　心のなかに入れたのは

だってだって苦しかったから
だってだって見たくなかったから
だってだって怖かったから

心のなかのずーっとずーっと奥にしまった
ずーっとずーっと忘れたふりをしていた

今朝　朝日を見てたら心の扉がパカッと開いて
奥の奥から秘密の箱が出てきた
そして
朝日にすいよせられるように飛んでいった

「波乱万丈の人生」

私の人生　波乱万丈だという人がいる
だけどみんなそれなりに波乱万丈の人生なんだよ
超波乱か少し波乱かだけ

自分が生まれるとき　選んできた人生だもの
そこにいるときは気づかなくても
きっともうすぐ気づくよ
あぁ　私の学びだったのねって

そしたら　成長したねって神様がほめてくれるよ
きっとね

「ちょっとづつ」

涙がかれるまで泣いたら
ちょっと　上を見てみようか
太陽の光が見えるかな

ちょっと　外に出てみようか
風のやさしさがわかるかな

少しだけ　歩いてみようか
季節が変わったのがわかるかな

ちょっとづつ　ちょっとづつでいいんだよ

きっと時があなたを癒してくれる

「ちっぽけな私」

なんど魂の遍歴をかさねてきたのだろう
なんど挫折し
なんど失敗したのだろう

成長しているのだろうか

宇宙を知り
地球を知り
世界を知った

ちっぽけな私
宇宙のなかの小さなひとしずく

SANTUARIO

「私は今」

ずーっと昔
真実を見つめる目をしていた
キラキラと輝く目をしていた
正直で純粋な目をしていた
本当の愛を見つめる目をしていた

正直でありたいと願った
自由でありたいと願った
きたない大人になりたくないと願った
自分らしく生きていこうと願った
真剣に生きていこうと願った

私は今　何をしているの？

「望み」

望みが叶わないと思う必要はない
高嶺の花だって思う必要はない

心に強く願うだけ
頭のなかにその光景をありありと思い描くだけ
まぁ　一週間くらいかな
そしたら忘れていいよ

あなたが必要なとき
なんと　不思議　不思議
グッドタイミングで訪れるから
あなたのほしかった望みがね
本当だよ

「心配かけたねハイヤーセルフ」

私たちはいつも一緒ですね　ハイヤーセルフ
私の人生をずーっと見ていてくれたのね
私の分身だから

ごめんね
ドキドキハラハラの人生だったでしょう
たくさんたくさん心配したでしょう

私が酔っぱらってちどり足で歩いていたとき
けんかして大声あげてたとき
あなたはどこにいたの？
恥ずかしくて隠れていたの？

「あきらめない私になりたい」

あきらめない私になりたい
腹の底に魂を入れて
気合いを入れて
声に出してみよう
あきらめないと

夢を捨てたくない
希望を捨てたくない
進んでいきたいこの足で

いつも途中で挫折していた
いつも途中であきらめていた

私はできる
私はできる
私はできる

いつか絶対この手につかむ
あきらめない私になる

「宝物の箱」

宝物の箱を開けたことがありますか
そこにはあなたの夢が入っているんだよ
なになに　豊かになりたいって
なになに　愛がいっぱい欲しいって
なになに　才能豊かになりたいって
なになに　綺麗になりたいって

へぇ　そういう夢なんだ
でも　勝手に叶わないと思ってるでしょう
これが大丈夫なんだな
だってその箱はね
神様からのプレゼントなんだよ
いつも隣にあったんだよ
もうそろそろ　箱を開けてみようか

「風の便り」

若草色の草原にたたずむ少女
風が草原に舞い降りた
少女の顔から長い髪に風が伝わっていく
少女は体いっぱいに風を受けとめた

ぼくは君を見たことがあるよ
いつだったかな
ずーっと　ずーっと　昔かな

やっぱり君は髪の長い少女だったよ
好奇心旺盛な少女だったなぁ
きらきら目が輝いていたよ
やっぱり風の好きな少女だったよ
嬉しいな
また君に会えた

「インナーチャイルド」

あなたの心のなかに何かひっかかりがあるのなら
それは子供のころの心の傷かもしれません

自分の心のドアを開いて
小さなあなたに会いに行くといいよ
三歳のころのあなたかな
小学生のころのあなたかな
中学生のころのあなたかな

あなたのインナーチャイルドが
ひとりぼっちでさびしそうなら
驚かさないようにやさしく話しかけてみて
大きくなったあなたを見せてあげて
成長したあなたを見せてあげて
そして
またいつでも会えることを教えてあげてね

「自己変革」

ずーっと自分が嫌だった
どうしてこの容姿なの
どうしてこの性格なの
どうして生まれてきたの
どうしてうまくいかないの
どうして　どうして　どうして

親のせいだ
他人のせいだ
社会のせいだ

深く深く胸のなかに入っていった
長い時間が過ぎ
長い年月が過ぎて行った

そして　このままではいけないと
やっと気づいた
自分がかわいそうと

自分が気づけば変えられるんだな

「鎧《よろい》」

もしもし　あなた
そんな鎧をつけて重くありませんか
動けなくありませんか
窮屈じゃありませんか

ときたま人が鎧をかっこいいと言う
素敵な鎧ですね　どこで売っているのですか
こんなの売っているはずがない
私が勝手につけたのだから
バカだった　勝手にいろんな鎧をつけてガードした

重くて身動きできない自分に気づいた
気づくまでに長い年月がかかった
また　ひとつひとつ　手放すとしよう

「光り輝くもとへ」

暗い　暗い　トンネルをぬけて光のもとへ
光に照らされあなたは輝いている

でも　トンネルは
あなたにとって必要な経験

もがいたことも
苦しんだことも
泣き叫んだことも

あなたにとって必要な経験
だからあなたは輝いた

そして　光のすばらしさ
光の眩しさ
光のありがたさを知った

「太陽の光に包まれて」

明るい陽ざしがあなたを守る
太陽は平等に輝き
あなたを包む

つらいときも
悲しいときも
あきらめたときも
何度もあった

でも　あなたは太陽のあたたかさを知っている
太陽のやさしさを知っている
すべてを洗い流してくれる偉大な力を知っている

明るい陽ざしがあなたを包む
大丈夫という力を与えてくれる

「ひとりぼっち」

さびしいときもある
悲しいときもある
私って本当はひとりぼっちって思うときもある

無理につくり笑いしなくていいんだよ
さびしいときはさびしいなりに
悲しいときは悲しむのさ

だけど　ひとりぼっちって思う必要はないんだよ
これだけは覚えておいて
きっと　誰かがそばで見ていてくれてるよ

「心の柱」

心のなかの柱が消えた
ぐらぐらと音をたてて崩れていった

こんなはずじゃなかったのに
こんなことになるなんて

これからどうなるの
これからどうすればいいの

長いあいだ　沈黙が続く

負けてはいけない
くじけてはいけない
頑張るしかない

体のなかからパワーがあふれる
本来のパワーが輝く
心のなかの柱が戻ってきた

「がんばったね」

がんばったねと自分をほめてみよう
がんばったねと自分をいたわってみよう
がんばったねと自分で体を抱きしめてみよう

だんだんなにかがとけていく
体のなかからとけていく

責任感も束縛も
引きずっていた重い感情も
暗い心のなかも
わだかまりも思いこみも

どんどんとけたら
ハートが　ふんわり　まあるくなった

「神様に愛されるコツ」

神様に愛されるコツはね
とってもシンプルなんだよ

まず明るいこと　とってもが入るかな
とっても明るいこと
どうしたら明るくなるの
簡単さ　笑えばいいんだよ

あと　素直なことかな
どうしたら素直になるの
簡単さ　本当のあなたを出せばいいんだよ

あと　感謝の言葉が自然に出てくることかな
わかった　ありがとうって言うんだね

そうだよ　これだけのことなんだよ

「旅立ち」

悲しみをたくさん経験したって
いばらの道ばかり歩いてきたって
つらくて背中が重いって

どれどれ　見せてごらん

あぁ　これはね　自分で設定したね

自分で気づくといいよ
経験はもう終わったって

そろそろ
新しい道を歩いていこうか

「風の教え」

強烈な風が私を追いぬき
草原に一本の道をつくる
あなたが歩く道だと

不安にゆれ
孤独におびえ
迷ってばかりの私

また　強烈な風が吹き
私の背中をおしてゆく

自然は私に
一歩ふみ出す
勇気を与えてくれた

ZONA SACRA
DI
S. DAMIANO
SILENZIO
RISPETTO

「光の道」

明るい光に目を向けたとき
あなたの笑顔が輝く

私たちは遠い昔の記憶から
自分は何をすべきかすでに知っている

私は誰
私は何をしにきたの
私は何をすべきなの

明るい光が導いてくれる
あなたの目の前に一本のまっすぐな道が現れ
あなたの歩く道を教えてくれる
あなたが迷わないように
光の道を歩けるように

「風のプレゼント」

あなたの心のなかに風を感じてみて
それは心の叡智
風があなたに運んできたの
遠い昔からのあなたへの教え

忘れていた記憶も
懐かしい声も
そして才能も
すばらしい叡智も
風があなたに運んできたの

思い出すのはあなたの力
思い出すのはあなたの心
すばらしい叡智のプレゼント

「人生の花」

あたたかい風が春を運んできた

花々が歌っている
まわりで天使が踊っている
私たちの出番だわ

白い花は白いように楚々と咲き
赤い花は私を見てと咲いている

私たちも人生で
必ず花を咲かせるときがある
輝いて　輝いて

あたたかい陽ざしのように
幸せなときがある
愛に包まれて生きるときがある
美しく光り輝くときもある

さぁ
大いに人生の花を咲かせよう

「ハートのくすり」

破れかけたハートがうずく
思いだしたくないのに
どうしてなんだろう
チクチクと痛みとともに
ハートがうずく

もうかくしてなくていいんだよ
思いだしたら泣くといい
泣くといっぱい解放できる
そしたらハートの傷がふさがるよ
涙はハートのくすりだよ

「光のギフト」

あなたに届けたかったの
キラキラした宇宙からの光のギフト

元気になってもらいたいから
明るくなってもらいたいから
輝いて欲しいから

光のシャワー
魔法の力

あなたがキラキラと輝く
幸せそうに
あなたを見てる
私も幸せ

「あなたへの贈り物」

おびただしい光に包まれ　幸せの恩寵に酔いしれる
神々はいつでも私たちのそばにいて　私たちを見守る

忘れてしまっていたころ
ひとりぼっちとさびしい思いをした
愛なんてわからなかった
なんて自分はちっぽけだと思った

おびただしい光に包まれ
愛が少しずつわかってきた
ひとりじゃないことがわかってきた
自分らしく生きることの意味がわかってきた
あたたかい心が戻ってきた

15

「自由の羽」

私たちはいつも自由なのです
自分で勝手に足かせつけて
私　空を飛べないのと思っている

いいえ　あなたが手をのばせば
すぐに　自由の羽をつかめるのです

勇気を出してつかんでごらんよ

青い空に飛んでいけるよ
自分の夢に向かって飛んでいけるよ

自分に制限つけないで羽ばたいてみようよ

自由の羽をつかみながら
青空　高く　高く　どこまでも

日本三大弁財天
弁財天

賽銭

「祈り」

神に祈りを捧げるとき
私たちは幼子のような魂なのだろうか
邪心を捨て　ただ無心に祈る

讃美歌も知らない
お経や祝詞《のりと》も知らなくったって
ただ無心に神と心を合わせればいい

太陽からのあたたかい光の恵み
自然界からの雄大な恵み

心が愛で満たされたとき　ただ感謝しかない
そして　生きていることへの感謝
すべてに感謝と祈る

「直感」

最初にビィビィビィときたの
それが直感
いろいろ考えたの
あなたの思考

ビィビィビィときたの　信じていいよ

これが不思議とすごいんだなぁ
これが不思議とあたるんだなぁ
ピッタシカンカンなんだなぁ

どこから見てるの
どうしてわかるの
直感っていうやつ

「今度こそ愛を」

私たちは遠い昔　昔　失敗をしたのです
愛を忘れて失敗をしたのです

豊かな文明
最先端の技術
何不自由ないくらしのなかで
ただひとつ　愛を忘れてしまったのです
もう二度と　同じ失敗をしないように
今度は失敗をしないように

この美しい地球を守るために
この愛する地球を守るために
愛を思い出しましょう
少しずつでも本当の愛を
愛するという心を

「大丈夫よ　安心して」

風の音に耳を傾けた
なにかささやいている
それははるか遠い遠い記憶の声

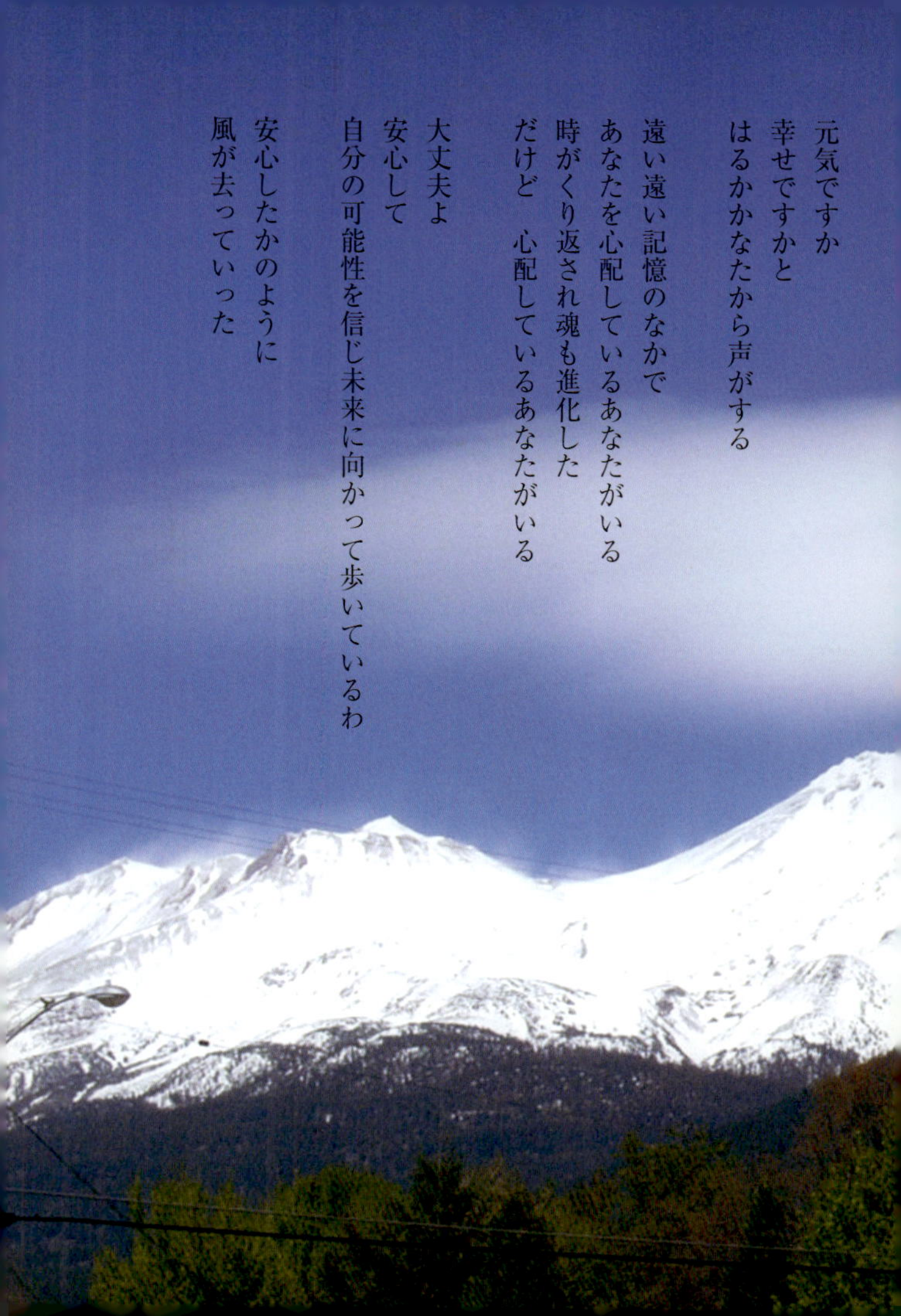

元気ですか
幸せですかと
はるかかなたから声がする

遠い遠い記憶のなかで
あなたを心配しているあなたがいる
時がくり返され魂も進化した
だけど　心配しているあなたがいる

大丈夫よ
安心して
自分の可能性を信じ未来に向かって歩いているわ

安心したかのように
風が去っていった

「愛の波」

うちよせる波のように
くるおしい香りのように
愛の波が私に届く

それはあなたからの愛の波
ず〜っと　ず〜っと　待っていた
やっと私に気づいたのね
やっと私を認めたのね

手をのばせば届きそうなのに
手をのばせば気づいてくれそうなのに
いつも　平行線上のふたり

ある日　線が波に変わった
波と波が重なって
やっと私に気づいてくれた
そして　愛の波が打ち寄せてきた

「夕日に思う」

太陽が地平線にとどまり
最後の光を放つ
空にオレンジ色が広がり
海がワインレッドに染まる
私は浜辺に立ち
不思議な感覚に襲われる

はるか昔　いつも夕日を見てた
今の私と　はるか昔の私
今と昔が重なりあって

地球にいることに感謝した
生きてることに感謝した

太陽は一瞬緑色の光を放ち
消えていった

「ふわり」

私の目の前に　白い羽が飛んでいる
ふわり　ふわりと　天から舞い降りる

光に包まれ
白い羽は輝く

〝さぁ　手におとり
天使の羽を君にあげよう
幸せになる羽だよ〟

どこからともなく声がする

白い羽が　ふわり　ふわりと
私の手のなかに舞い降りた

「あるがままに生きる」

私は自由
いつも自由
それが私

悩んだり苦しんだりつらい思いをしたこともある
でも正直に生きた
飾らなかった
ごまかさなかった

だから誤解された

でもこれが自分なんだ
これでいいんだと思えるときがくる

自分を愛し
自分らしく生きる
あるがままでいいんだよ

「今　その時」

閉じこめていたもの
出したくても機会がなかった
出したくても恥ずかしくて躊躇《ちゅうちょ》した

そんなこともういい

本当の愛を放出したい
真心からの愛を示したい

私がもっている本当の愛
慈愛の心
今　その時

数年前、私はマチュピチュの写真を見て号泣したのです。しゃくりあげる程激しく泣いているのですが、途中で冷静な自分がいて「泣いているのは誰?」という感じでした。きっと魂が何かを感じて泣いていたのでしょう。ハンカチではなくタオルを顔に当てるくらいの凄い涙だったのです。

早速、旅行会社のツアーに申し込み、娘とペルーに行ったのが二〇〇六年九月のことです。成田空港からアメリカ経由で、ペルーの首都リマまで丸一日という長い飛行時間でした。

最初にナスカの地上絵を見て、その後クスコに行き、カミソリの刃も通さないという精巧なインカの石組十二角の石や、ス

ペイン人に占領されるまで黄金に輝いていたサントドミンゴ教会、巨石の要塞のサクサイワマンなどの観光を終え、マチュピチュに向かいました。

クスコからマチュピチュ村の駅までは約四時間です。マチュピチュへは村からシャトルバスに乗って三十分位で着くのですが、入口は長い列で世界中からこんなに大勢の人が来るのかと驚きました。入場して二、三分歩いてマチュピチュが見えたときは感動でした。

凄い！　凄い！　本当に空中都市はあるのだと思いました。まさしく異次元に飛び込んだ感覚です。

私は白い服、白い手袋、サンバイザーの上から白いスカーフをかぶるスタイルで聖地マチュピチュ用に揃えました。気合い入りまくりでマチュピチュに会いに行ったのです。

ツアーだったので二時間ぐらいしかいられなかったのです

が、そのときに撮った写真に三種類の色が入った半円の玉と雪のようなオーブが写っていたのです。

　これが光の写真の初体験です。


　といっても、撮ろうとした意図もないどころか、カメラで光の写真が撮れることも、オーブという言葉さえも知らなかったのです。

　そのときブログを書いていたので、写真をアップしたら読者の方に「雪かと思ったら、雪が降るはずないからオーブですね。それにしても凄い数ですね」とコメントを頂いて、「オーブって何？」そのときにはじめてオーブという言葉を知ったのです。

　灰色の石と空間に雪のように写っていて、大きく伸ばすと本当に雪が降っているかのようでした。半円の光の玉は、太陽の神殿の下で撮ったので、「太陽の化身かもしれない」とブログに書いていています。

このときから興味を持ち、いろいろな聖地で光の写真やオーブを撮るようになるのですが、オーブは精霊たちだと私は思っています。今から思えば、そのときに精霊たちと繋がったようです。

それからいろんな国の聖地に行くとオーブが写るようになりました。

マチュピチュやエジプトやシナイ山など、おびただしい精霊が神殿や聖地を守っているので、本当に雪のように写ります。それとは別に挨拶に来てくれる精霊たちもいます。私が勝手に挨拶に来てくれると思っているのですが、ハワイ島のマウナケア山でもそうでしたし、ギリシャのミコノス島でもそうでした。写しなさいという感覚があり、カメラを向け、シャッターを押し、フラッシュをたいた瞬間、肉眼でもオーブが見える程です。天から雪が舞い降りたかと思う程のオーブの数ですが、五分位するといなくなるので、挨拶に来てくれてると気づくようになったのです。

精霊なので「こんにちは」とか「こんばんは」とか挨拶をし、会いに来てくれてありがとうという気持ちで撮っています。いつも凄い数なので、驚きと嬉しさと幸せいっぱいで写しています。


マチュピチュから帰国したとき、「お話があります」という声がして、クスコからチチカカ湖に行く肥沃でない草原を見せられました。クスコから車で六~七時間、肥沃でない土地が続いて、ここが肥沃で野菜が育ったら、どんなにその地方の農村の食料が豊かになるだろうと思った場所です。ここに光を降ろして欲しいという精霊のお願いでした。

少しでもお役に立てばと、その土地をイメージし、宇宙からの光を二年間は降ろしていましたが、その後現地を訪れていないのでどう変化したかわかりません。

そして他にも繋がったものがあったのです。
それは虹の光の同胞団、虹の光の天使たちです。最初は気づかなくて二年後に気づいたのですが、我が家にいつも虹がいるのです。それに気づいたとき、驚きと同時に幸せな気分になりました。虹を見ているだけで幸せなのですが、虹の光の天使は願望を叶えてくれたり成功をもたらしてくれたりもするのです。
そして私の個人セッションを受けた人の家にも虹が現れるようになったのです。例えば、リビングのフローリング一面に虹が映る人、地方からいらした方で個人セッションを受けた数日後、夕日が綺麗なので眺めていたら、なんと無数の虹の光の玉が彼女の家をめがけて飛んできたそうです。驚きとともに見ていたそうですが、それから彼女の家にも虹が居るのです。多数の方々から虹の報告と共にお礼のメールを頂いています。
このように私はマチュピチュで沢山の恩恵を頂いたのです。

▲ペルー　黄金伝説
太陽の神殿（コリカンチャ）はインカ時代信仰の中心で、当時は建物の内部も壁も、金に装飾され光り輝いていたといわれています。神殿の中央の祭壇には黄金の太陽神が祭られていて、歴代の皇帝が祈りを捧げていたそうです。太陽の神殿の土台を利用してスペイン人がサントドミンゴ教会をつくったのですが、大地震があったとき、スペイン人の建てたのは崩れてインカの石積はびくともしなかったそうです。スペイン人は全てを略奪し、黄金も全て溶かし、金の延べ棒にして本国に送ったそうです。当時は畑も金の棒で仕切られていたそうですから驚きです。

マチュピチュから帰ったら、なぜか直ぐにエジプトに行かなければと思いました。マチュピチュから帰って三カ月後に、知人がエジプトスピリチュアルツアーをするとわかり参加しました。

ギザでピラミッドやスフィンクスを見た後、ルクソールに着いたのですが、懐かしい感じがするのです。私たちは、自然と過去世にいた場所に導かれ旅をするようです。

夜、ライトアップされた神殿に行くと、無数のオーブが写り、神殿を守っているのがわかり、オーブを撮るのが楽しかったです。

ある晩、ホテルの部屋で能力者の男性が歌を歌って、歴代の王、王妃、神々、アセンデッドマスターを招集したのです。次の日、朝日を見るために屋上に上がったのですが、部屋に戻ってびっくりしました。ベランダからいろんな色の光の線が部屋中に満ちあふれていたのです。肉眼でこれ程はっきりと光のシャワーを見たことはありません。現在に至ってもこの経験が最高です。

信じられない光景に慌てて同室の女性も起こし、昨日歌った男性の部屋に行って起こし、一緒に光のシャワーを浴びて写真を撮りました。夕べの高次の存在たちのエネルギーが残っていて、こういう現象が起きたようです。

同室の女性は、光の玉もオレンジ色だけで、沢山は写らなかったので、カメラによっても写り方が違うし、人のエネルギーで随分違うということを知りました。

そのときは、プロのヒーラーでもないし、まさか光の写真集

を出すとは思ってもいないときだったので、写真にはテレビやペットボトルまで写っています。光に見とれて片付けることなど気づきませんでした。でも王、王妃など波動が入っていて、豊かさのエネルギーに満ちた写真です。私の光の写真の中でも、とても印象的な光の写真が撮れたのです。

▲エジプト　ピラミッド
世界中のスピリチュアルに興味がある人たちにとって、エジプトのピラミッドは憧れかもしれません。ピラミッドを訪れたスピリチュアルな人たちは、クフ王の石棺の間で祈りを捧げたり儀式をしたりします。私が訪れたときも、リーダーに連れられたアメリカ人とスペイン人のふたつのグループ七十人が石棺の間で儀式をしていて、全員が立って目を瞑り、何かを受けとろう感じようとしていました。
狭い石の部屋がなんとも不思議な雰囲気に包まれていました。

エジプトから帰った四カ月後、シャスタに行きました。

これも導かれた旅でした。

シャスタはアメリカの田舎町で、メイン通りも百メートル位しかありません。シャスタ山に雪がかぶり、見ているだけで清々しい気が流れます。シャスタ山から地下を通り五百年かかって湧き出る水のなんと美味しかったことか。

シャスタには沢山のパワースポットがありますが、映画「スタンドバイミー」で使われた線路を歩いて行くとモスブレーの滝があり、人間程の大きさのオーブが出迎えてくれたときは驚きでした。それは私が過去世で仲が良かった天使なのです。出逢えることは知っていましたが、わかりやすく大きなオーブで待っていてくれたのかと感激でした。その天使が変化して宇宙人らしいエネルギー体も写っていたので、当時は人に見せてはいけないと思いブログにも載せませんでした。

その頃、日本の神社に行くと、正門や拝殿に人の身長程や二倍位の白い大きなオーブが写るようになっていたので、凄く大きなオーブは神様なのだと私自身思うようになりました。

一年後、二回目に行ったシャスタでの、光の玉との出逢いは圧巻でした。最初に行ったときは五月だったので、シャスタ山は雪をかぶっていて、二回目は七月で雪がなかったので、イメージがだいぶ違いました。私は雪をかぶったシャスタ山が好きです。

また森の中の線路を歩いて、モスブレーの滝に行くとおびただしい光の玉が待っていました。

凄い！　凄い！　凄い！　としか言いようのない程の数です。私は面白くて面白くて、ずーっと撮り続けました。

光の玉だけだとどれ位の大きさかわからないのですが、人が入ると、人と同じ大きさだとわかります。それも私に会いに来た天使やアセンデッドマスターだったのです。

東京に帰って、透視能力に優れたチャネラーさんに見せたところ「凄いですね。沢山の天使やアセンデッドマスターがいますね」と言われました。

シャスタにいた最初の六日間はほとんど寝ていません。光や存在たちがひっきりなしに会いに来るので眠れないのです。よく六日間も寝ないで倒れないものだと思っていたら、七日目は気絶したように爆睡しました。

八日目は滞在の最終日で、朝早く空港に行く為に、三時間程

睡眠タイムがあったのですが、それが凄い時間帯だったのです。ひっきりなしにパワースポットの存在たちがお別れの挨拶に来てくれたのです。全員が来たという感じです。光るものもいれば音で教えてくれるもの、本当に次から次と現れます。

「どなたですか？」と尋ねるとマクラウドの滝の木の主の前に立ったとき、足元からざわ〜っと上がる波動がありましたが、それを再現して「私は木の主だよ」と教えてくれました。

「パンサメドウズの泉で女神に会えましたか？」と聞くと「会えました」と言う声と共に、泉の地面から湧き出る水の輪のビジョンが見えました。私はこのときに確信したのですが、私たちにも魂があるように、木や山や川にも魂があるのだと……。そこに宿る精霊や天使や妖精かもしれませんが。

こんなに大勢の存在たちがお別れに来てくれるなんて、嬉しくて最後は涙が出ました。

シャスタで光の玉に沢山会い、写すのが楽しいという経験を味わったので、これ以降、光の写真を撮りに聖地に行くのがあたり前になりました。必ず神々が待っていてくれると思うようになったのです。そして実際に神々や聖地の土地自体に呼ばれてその地に行っています。

▲シャスタ山　レムリア伝説
シャスタ山の下に「テロス」と呼ばれる地下都市があって、レムリア時代の生き残りの人たちが生活しているという伝説があります。
一万二千年前、レムリア大陸が沈むとき、光と自らの神聖な使命に誠実であり続けた聖職者たちの多くは、自分の持ち場を守りながら最期を恐れることなく、波に沈みながら歌を歌って祈りを捧げたそうです。この歌は現在「蛍の光」として知られているようです。

日本では、神社や沖縄で光の写真が沢山撮れましたが、海外とは違うタイプの形だったり、大きさだったりで面白いです。
印象に残っているのは、出雲の旅で行った須佐神社と神魂神社の光の写真です。須佐神社はなんとも長閑《のどか》な田舎の神社なのですが、訪れる人が多いのです。近くの温泉宿に泊まり、部屋に入ってきた朝日で目が覚めたので、早速須佐神社にお参りに行きました。
祝詞をあげ、裏のご神木の大杉へ行くと、オーブが沢山集まってきました。気がとても清々しく、大杉は優しい波動を与えてくれます。神殿の近くの杉林から木漏れ日が出ていたのでカ

メラを向けると、淡い黄色や赤やブルーの光の玉がシャボン玉のように重なり合ってとっても綺麗。強烈ではないけど温かくて優しい光なのです。こんな光を見ていると幸せな気分になります。

同じ出雲地方の神魂神社は、地元では有名な神社だそうで、まるで遠い昔にタイムスリップしたかのような、日本の原点のような神社です。

ここでは大きな光の玉が沢山写り、その中に赤、青、黄、緑などの虹の色が入っていて、古い建物に虹色の光たちの不思議で見事なコントラストを見ることができました。

沖縄では齋場御嶽のシンボル、三庫理《さんぐうい》の上に、沢山の大きな光の玉が出迎えてくれ歓迎してくれましたし、能力者の人に案内して貰ったときは、歌を歌って神様を召喚して光の写真を撮ったので、なんとも素敵なブルーの幾何学模様の写真が撮れました。神様を呼んで、神のエネルギーと聖地のエネルギーで、

独特の写真を撮る人がいるのだとはじめて知りました。
私は自然体で写していますが、私の場合はいつも聖地に行くと高次の存在が待っていてくれるので、技巧的なことをしなくても、土地の波動と存在の波動で、聖地によって特徴ある光の写真が撮れています。
大分の英彦山神社の裏のパワースポットに行ったときは、雨で霧がかかってとっても幻想的な雰囲気の中に、大きな岩があり、人の大きさのオーブがその岩を取り囲んでいるように写りました。はっきりと神がいるとわかりました。モノトーンで写した訳ではないのですが、霧がかかっていて幻想的で大好きな写真です。

▲熊野神域

古くから修験道の修行の地とされ、男たちが法螺貝を吹き、六根清浄を唱えながら険しい山に入って修行をし、山と一体になって神と繋がろうとしました。同じ山に登るのでも登山とは違って、修験はなびきという場所で勤行をし、般若心経、不動明王の真言、役行者の真言などを唱えます。現代は誰でも修験の道、熊野古道を歩くことができます。本宮大社、那智大社、速玉大社、玉置神社、神倉神社とそれぞれ個性的な神社が多く、熊野の神様は霊力が強く、力をくださる神々とされています。

アーユルベーダーの旅でスリランカに行ったとき、ご一緒したベリーダンスの先生が、実は津波があったときに仲間の人たちがスリランカに来ていて、ちょうど浜辺で瞑想しているときに津波にあって、全員亡くなられたとお話しされたのです。折角スリランカに来ているのだから、お祈りして帰りましょうということになったのです。

お花とネックレスと果物というメッセージを私が受けとったので、果物はレストランのバナナを頂き、ネックレスはベリーダンスの先生のを使うことにして、お花はお庭のを頂きました。

私はプロになる数年前、目も眩む程のおびただしい光の帯が、日本から世界中に伸びていくのを見せられたのです。私にはそれ程の巨大な光を扱えるパワーがあること、世界中に光を降ろすことが、私の未来の活動であるというメッセージを貰ったのです。そして現在、世界中に光を降ろす活動をしています。

私は地球に光を降ろす役目の他に、魂を上げる役目もあるので、このときはお手伝いできると嬉しい気持ちでした。浜辺に向かっているときに写真を撮ったらオーブがいっぱいです。普段はオーブが写ると精霊がいて、その場を守ってくれているのがわかって嬉しいのですが、今回はいつもと違うのです。

レンズを覗いた途端、オーブがびっしり写って、わ〜と悲しみが襲ってきました。津波で亡くなられた大勢の御霊でしょうか。心が痛み、泣きべそをかきながら、波打ち際まで歩きました。

津波で亡くなられた方々にご挨拶をし、般若心経をあげて海にお供え物を投げ入れました。そして魂上げをさせて頂きました。これが、私がはじめて経験した悲しみのオーブです。

▲スリランカ　仏歯寺
スリランカを観光するならここに来ないと意味がないとスリランカ人が言いきる仏歯寺。スリランカ人にとって最も大事なお寺とされており、海外の要人も首相や大統領に会う前に必ず訪れるそうです。「ブージャー」と呼ばれるお祈りの時間に、仏歯を納めている仏舎利を拝めます。戦争の戦利品としていろんな国に何度も狙われた仏歯だそうで、この寺院に移す時も、女性の結っている髪の中に隠して持って来たといわれています。

二〇〇九年七月に行ったハワイ島のマウナケア山の光も、強烈で不思議な空間の体験でした。

マウナケア山は夕日と星を見に行ったのですが、行く前に太陽を取り囲む丸い虹をはじめて見ました。マウナケアの山頂に登る途中までずーっと消えないで見えていました。

マウナケア山頂には、各国の天体観測所があるのですが、七月でも山頂では防寒着が必要な位寒いのです。まだ防寒着を着ずに、でも半袖では寒いという中間地点で休憩したとき、なんだか不思議な雰囲気を感じたのです。カメラを向けると、素晴らしい光のシャワーでした。私が写真を撮ってとお願いした人

は、光の写真が撮れない人だったので、「お願い、シャッターを押し続けて」と頼み撮影して貰いました。

写真には、私の体に光が紫の帯となって入っています。滅多に撮れない強烈な光の写真です。

そのときは気づきませんでしたが、帰ってパソコンで見ると、足元にもやがかかり、存在がいらしていたことがわかりました。やはりその空間だけ異次元的な雰囲気でした。駐車時間が短かったので三〜四分で凄い勢いで撮ったのです。

その後、夕日を見に行ったのですが、現地のガイドさんが「こんな素晴らしい夕日は滅多に見れない」と言う程、空一面に燃えるようなオレンジ色の雲が広がっていました。

少し薄暗くなったとき、マウナケア山を守る精霊たちが挨拶に来てくれたようで、雪が降っているかのような物凄い数のオーブたちが現れました。物凄いオーブの数なのに、さっき下で私を写してくれた人のカメラには、ひとつもオーブが写っていないのです。私の体に紫の光の帯が入った写真は、その場に存在がいたから撮れたのでしょう。私はマウナケア山の女神だったと思います。女神にはこんな伝説があります。

マウナケア山は、四〇〇〇メートル以上の山なので、雪が降ります。昔、マウナケア山には、四人の雪の女神が住んでいて、その中でもポリアフはとても美しい女神でした。

キラウエア火山の女神ペレは、あまりに美しいポリアフにシットしていました。

女神ペレはある日、美しい女性に化けてマウナケア山の傾斜を滑って遊んでいると、ペレと知らず、ポリアフも遊びに加わりました。

最初は仲良く遊んでいましたが、美しいポリアフにシットしたペレは、怒り狂い、地震を起こし、山を振動させて、噴火させたのです。

マウナケア山の東部から大噴火を起こし、溶岩が流れ出したのです。
ポリアフの服も溶岩で燃えそうになりましたが、やっと山頂に逃れ、今度は冷たい雪のマントで溶岩を止めることができました。
そして、争いに敗れたペレはキラウエア火山に帰っていきました。

なんだかマウナケア山の女神ポリアフが、ここで写真を撮りなさいと言ってくれたようでした。
だから強烈な光の写真が撮れたのですね。

▲オワフ島　バースストン
昔ハワイの王族のお産場所だったバースストン。
王族が誕生する神聖な場所として、当時は王族以外立ち入り禁止だったのです。この石の上で生まれた子供は、神からの洗礼を受け、マナ（霊力）を授かり、より高貴な存在であるといわれていました。
バースストンには、出産の際に苦しみを和らげるマナがあるといわれ、現在でも安産を祈願して多くの人々が訪れます。

二〇一〇年五月に行ったモンサンミッシェルへは、大天使ミカエルに呼ばれた旅でした。パリから一人で列車に乗って、モンサンミッシェル迄たどり着くのだろうかとドキドキの旅でしたが、列車からバスに乗り換え、車窓から、あの独特な建物が見えたときは感動でした。

入口のオムレツで有名なホテルに三泊したので、世界中から観光客が押し寄せる昼間と、小鳥がさえずり誰もいない静かな朝と、夕日が沈むときの海の違いなど、モンサンミッシェルを楽しむことができました。そして何回も大聖堂に行きました。

その中の大きな柱が幾つもある部屋に、子供を抱いた黒い女

性の銅像があって、カメラで写すと物凄い光なのです。あまりに光が強いので良く撮れない位なのです。これは黒いマリア様なのでブラックマリアと呼ばれているそうです。

日本の仏像もそうですが、信仰の対象となっているものは、皆さんの祈りの力なのか、神々の次元と繋がっているからなのか、凄いエネルギーを発しているものが多くあります。私は仏像の前に立つとジ〜ンジ〜ンと強烈な波動を感じたり、光がパッパッと目の前に現れる経験を何度もしています。

モンサンミッシェルへは大天使ミカエルが道案内をしてくれ、実際は聖母マリアと会うのが目的だったようです。

モンサンミッシェルはかつて修道院の他に牢獄もあったのです。私は過去世、このモンサンミッシェルでシスターとして毎日囚人の為に聖母マリアに祈り、それにより大勢の囚人が救われたそうです。その縁でモンサンミッシェルに呼ばれたのでしょうが、最後の夜は聖母マリアからエネルギーの伝授があり、強烈な光に気絶してしまい朝まで気づきませんでした。
だから肉体をもってその地に行く必要があったのです。

▲モンサンミッシェル　巨大なオムレツ
モンサンミッシェルの観光産業はメールプラールホテルから始まったといわれています。牢獄が閉鎖され大修道院が一般公開された時、巡礼者と外来の観光客を迎え入れたのはアンネット・プラール夫人だったのです。彼女の行きとどいたおもてなしとオムレツの美味しさは有名だったそうです。そして今は、ホテルや土産物屋さんやレストランが軒を並べています。彼女は大修道院の下の小さな墓地で眠っていますが、世界中から観光客が押し寄せて賑やかなモンサンミッシェルを見て、どう思っているのでしょうか。

二〇一〇年七月に行ったセドナは、光の写真を撮る目的で行ったのですが、最初なかなか撮れませんでした。

普通は存在に呼ばれたり、光を降ろす目的で聖地に行くので、光の写真が撮れたら幸運なのですが、セドナには光の写真を撮る目的で行ったので、二日間撮れなかったときはどうしようかと思いました。

日本人の方がツアーガイドをしている家に泊まったのですが、そこのホームページに光の写真が沢山載っていたので、セドナで光の写真が撮れると確信して行ったのです。

午前と午後にそれぞれいろんな場所に連れて行ってくれる予

定でしたが、光の写真が撮れないので、光が今まで撮れた場所だけに限定して、そして七月のセドナの太陽は強烈なので、なるべく朝早く出かけるように提案しました。そしてこれが大当たりでした。

ベルロックのいつも撮れる場所にカメラを向けると光のシャワーショーです。面白いように撮れます。

セドナはご存じのように、赤い大きな岩がいたる所にあり、いくつかがパワースポットとなっています。ボルテックスといわれるエネルギーの渦があって、強い所は周りの木がエネルギーの渦でねじれています。

昔、インディアンが住む為ではなく、聖地中の聖地として、儀式をする為だけにセドナを使ったと聞きました。そういう場所には精霊や神々が沢山います。ベルロックでもカメラを向けると、人の身長程の大きなオーブが写りました。レンズを通すと人間の目では見えない不思議な、そして素晴らしい光の世界を見ることができて楽しいのです。

景色ではなくて一か所の岩に向かって写しているので、何をしているのかと何人かの登山中の外国人が聞いてきました。不思議だったのでしょうね。

いろんな種類の光の写真を沢山撮って、大満足で下山しました。

夜、「神様どうかハートの形と神聖幾何学の模様の光の写真を撮ってみたいです」とお願いして寝たところ、なんとなんと、次の朝、願いが叶ったのです。

ガイドさんの家から歩いて十分位の所にパワースポットのエアポートメサがあります。そこからは、朝日が昇るのも、夕日がオレンジ色を発しながら消えていくのも見えるのです。ボルテックスが強いので、靴下を脱いで素足になって、足の裏からエネルギーを貰える場所です。朝五時三十分に家を出てエアポートメサに着くと、ちょうど太陽が顔を出したばかりで、慌て

て上に駆け上がりました。七月のセドナの太陽は、日の出なのに強烈です。物凄い強い光なので光の写真が次々に撮れます。

娘とかわるがわる、前方から自分たちに朝日が当たるように撮ると、クロスになった光と体の周りにいろんな色の光が集まって綺麗です。ベルロックのときも、人が入ると、人のエネルギーに光が集まりやすいのか、もっと強烈な光の写真になりました。朝早かったので着ている服のことは気にせず、後ろに文字が書いてある茶色のTシャツを着ていたのですが、これが真っ白いTシャツなら光がもっと映えたのに残念！

そして帰り道、エアポートメサに向かってカメラを向けると、なんと四角や三角の幾何学模様の写真が撮れるではないですか。「セドナの神様ありがとう」と言いながら写しました。

そして木の間を撮ったとき、ハート形も撮れたのです。はじ

めて神聖幾何学模様の光やハート形の光を撮ったので、楽しくて嬉しくて、ずっと撮り続けました。本当にセドナに来て良かったと思いました。
そして夕方、夕日を撮りにエアポートメサとは反対の丘に登ろうと歩いていると、もう夕日が沈みかけていて、人の家の前だったのに慌ててシャッターをきりました。でもそれが良かったのです。ベランダの柱があったお陰で、そこに何とも綺麗な赤のハート形ができたのです。住人がこちらを見ていたのであまり数は撮れなかったのですが、もっと写せば良かったと思った程です。
なんと娘は一枚も撮ってなくてがっかりしました。遠慮したのでしょうが、娘のカメラは一眼レフカメラなので、どんな風に写ったか見たかったのに残念です。
写真は一瞬のものだから、また同じ場所に行っても同じようには写りません。現に次の朝、私だけ早起きしてエアポートメサに行ったのですが、昨日のように綺麗な光の写真は撮れませんでした。それと人が多かったので遠慮してしまいました。

光の写真を撮るときは、光も出逢いなので、同じ場所でも必ず撮れるとは限りません。撮れるとき、心おきなく撮り続けた方がいいと思います。

その人が超強力なブロックを持っていない限り、オーブなら誰でも撮れます。私の経験でいいますと、不思議ですが自分のエネルギーと共にカメラも成長していくように感じます。人それぞれエネルギーが違いますし、カメラのレンズも違うし、土地の波動も違いますので、聖地ごとにかなり特徴のある写真が撮れます。同じ場所で写しても人それぞれ違う光の写真になりますので、是非旅行に行かれたら試してみてください。

▲セドナ　ヴォルテックス
セドナは不思議な形の赤い岩に取り囲まれた町です。
あちこちにヴォルテックスというエネルギーの渦が群がって存在しているので、凄くパワフルです。だから世界中から自分の霊性を高めたい、自分を変えたい、変容したい、癒されたいと思う人が訪れます。
ヴォルテックスの場所では靴下を脱いで素足になって、大地のエネルギーを感じてみましょう。
街灯がないのは星空を見るためだそうで、自然と心の豊かさが一体になっている町です。

イタリアのアッシジは聖フランチェスコゆかりの聖地ですが、私とは不思議なご縁で結ばれているようです。ある方のブログを見ていたらイタリア旅行でアッシジに行ったと書いてありました。どうしてこの人は他にも有名な観光地があるのに聞いたこともないアッシジなんだろう。そう思ってブログにアップされている写真を見ると、森の写真が三枚載っています。聖フランチェスコが瞑想した森と書いてあるのです。

ガァ〜〜ン。

突然、背の高い僧が木をあっちこっち見て歩いているビジョンが飛び出したのです。現実に彼がしていることを私が間近で見ているのです。テレビ画面のようにあまりにリアルです。

「どうなっているの？　誰？」

本当にびっくりしました。凄い衝撃です。頭の中の構造を一瞬にして変えられたかのような、凄い衝撃が起きたのです。セッションのときのように、目の前のビジョンを見ているのではなく、リアルに頭の中に映像が蘇ったようでした。見せられたのです。この人が聖フランチェスコなのかと驚きとともに見ていました。

私はキリスト教徒ではないので、今まで名前も聞いたことがありませんでした。これ程の体験をさせて繋がりを教えてくれたのではと思っています。

そして、見せられた衝撃の出逢いから一年半後の二〇一〇年十月、イタリア旅行も兼ねてアッシジに行ってきました。

アッシジは聖フランチェスコゆかりの教会ばかりが多数存在する、聖フランチェスコの町なのですが、驚いたのは町なのに

清々しい気が流れているのです。
　聖フランチェスコに会うのも目的ですが、光の写真を撮るのも目的だったので、聖フランチェスコに「必ず晴れてください」とお願いして寝ました。次の朝、他の地域は大雨だったそうですが、アッシジは素晴らしい晴天でした。早速タクシーで、私が見せられた、瞑想したというカルチェリーの森に向かいました。
　オリーブ畑をぬけて山の上に着いて、門の所にカメラを向けると、ブルーの光が降り注いでとっても綺麗！　マリア様もブルーですが、聖フランチェスコもブルーなのかと優しい光に感動しながら光を写して行きました。聖フランチェスコと仲間たちが瞑想した森に相応しく、静かでゆったりとした時が流れている感じです。
　広場に昔の井戸があったのですが、そこに降り注ぐ光も、ブルーの玉が無数に写り、可愛い光の写真が撮れました。

聖フランチェスコはエネルギー体でホテルに会いに来てくれて、盟友のクララとはキアラ教会で感動の再会をし、また来ることを約束しました。アッシジはまた来たいと思う程素晴らしい聖地でした。

町全体が清々しい！　それは今、聖フランチェスコが土地のエネルギーそのものになっているからです。私自身は自然豊かな所が好きですが、アッシジは教会だらけですが町です。町なのに安らげてエネルギーが素晴らしいのは聖フランチェスコのエネルギーが満ち満ちているからだと思います。

ここで撮れた光の写真は愛の光の写真なのです。

▲アッシジ　キリストの声
聖フランチェスコはキリストの声を聞き霊性に目覚め、友人や盟友キアラと壊れかけた教会を建て直し、質素を旨として生涯を布教活動に努めた人です。聖フランチェスコが生きたアッシジは世界一美しい町だといわれています。
彼の生涯は「ブラザーサン､シスタームーン」という題で映画化され、また彼の名はサンフランシスコという地名で残されています。

二〇一一年三月に行った二回目のマチュピチュは、土地自体が招いてくれたのですが、数週間前から、普通に生活していても、早く来いとばかりに目の前にマチュピチュの映像が頻繁に現れていました。

前回は団体ツアーで、二時間しかいられなかったので、今回はマチュピチュを心おきなく堪能できるように、三泊四日のマチュピチュ村に泊る個人旅行にしました。

いろんな国に行きましたが、今迄これ程パーフェクトな旅を経験したことがありません。それ程、三泊四日のマチュピチュは完璧でした。

クスコからマチュピチュに行く前日に、我が家にいる虹の光の同胞団、虹の光の天使たちに関係のある、聖なる谷に行って挨拶をしました。そのときに強烈なエネルギーが流れてきて、それが十五分ぐらい続きました。

体が前後に揺れる程の強烈なエネルギーだったので、何なのだろうと思っていると、夜、映像が次々に現れてベッドに入っても眠れないのです。しかも光が早送りの機関銃のような感じなのです。

もしかして聖なる谷で受けとったエネルギーのせい？

最初は石の遺跡に機関銃の光が当たり、どんどん沢山の遺跡に当たり物凄い速さで進んで行きます。何を見せたいのだろうか。そのうち汚いのが山のように積まれている映像が現れました。どんどん光の機関銃が強烈に進んで行くと、その積まれた山が半分になったので、もしかして浄化？

明日マチュピチュに行くので、最後に残っている私の汚いも

のを浄化しているのだろうか？

ほとんど山がなくなりました。浄化だ！

いろんな映像がその後も続いたのですが、最初の頃の光の機関銃のような強烈さは消えていました。機関銃の光は、これって一体何？　と思う程すさまじかったです。

そして黄金の光が来ました。これは神様だと直ぐわかりました。「どなたですか？」との問いに答えはなかったけど、黄金の光は優しさに包まれていました。

でもあまり映像が続く為、止めてもらえないかと頼んだのです。東京でもたまに黄金の光が次々に現れて、眠れないときがあるのです。最初は綺麗だし、光に包まれて幸せな気分なのですが、いつまでも続くとお願いだから眠らせてくださいと頼むときがあって、それでも続くと「いい加減にしてよ！　眠れやしない」と怒鳴るときもあります。

朝、光に怒鳴るなんて、たぶん神様かもしれないのに、気の毒にと思うんですけどね。マチュピチュに行く前日は、光の洗礼を受け、汚いものを浄化して行かされたようです。

一日目はクスコから同伴してくれたガイドさんが案内してくれ、二日目は霧のマチュピチュを堪能し、その後主人と二人で、一時間以上かけて太陽の門インディプング迄登りました。普段生活していると夫婦で向き合うことがなかなかないのですが、素晴らしい眺めや植物を見ながら会話したり、途中休憩して、静かな空間を共にしたりと、共有の時間を過ごせたことが幸せに感じました。三日目に素晴らしい光の写真が撮れたのですが、いろんな国の聖地で沢山の光の写真を撮ってきましたが、今迄撮ったことのない程の、色や形の強烈な光の写真が撮れたのです。

朝、雨だったので光の写真が本当に撮れるのだろうかと思いましたが、最初に小さなインカ橋を見学に行ったのが、時間的

にグッドタイミングになったようです。
メインの三つの窓の神殿がある聖なる広場や、エネルギーを発していると旅行者が手をかざす一番有名な日時計のインティワタナでは、光の写真は撮れなかったのですが、マチュピチュの土地自体が呼んでくれたのに願いが叶わないはずがないし、絶対太陽の神殿の下で撮れると確信して向かいました。
案の定、太陽の神殿の下で光の写真がどんどん撮れます。太陽の神殿で撮れるとは思っていたけど、これ程完璧に願いが叶うとは！ しかも誰もいないのです。どんどん違うアングルで撮っていきます。人が来ると中断し、いなくなるとまた撮るを繰り返すごとに、まるで違う光の写真が撮れるのです。世界中から観光客が来るマチュピチュです。
何回か待つことを繰り返して、神殿の前に行くと、なんと今度は太陽が目の前にあるのです。頭上にあった太陽がまさしく神の座、太陽の神殿に鎮座していて、あまりに完璧にできすぎていて、驚嘆の声をあげてしまいました。

しかも下の石が斜めになっているので、石と石の間に斜めに線が入ればいいのにと思うと、なんと！　信じられないことに、斜めに線が入るではありませんか。本当に鮮やかなブルーや紺や緑や赤の打ち上げ花火のような模様の下に、虹色の線が入るのです。なんとも綺麗な斜めの虹色の線です。

わ〜っ凄い！　こんな写真撮ったことがない！

思いもよらない程、素晴らしい光の写真が撮れ、最高の気分で帰りのシャトルバスに乗ったのですが、なんと山と山の谷間にくっきりとレインボーが出ているのです。しかも太陽の光が当たり、凄く綺麗なのです。雨も降っていないのに、素晴らしい虹がさよならしてくれました。虹の天使の里の聖なる谷で虹を見たいと思ったので、完璧、パーフェクトです。

私の心を察したのか、主人がビールで乾杯しようと言ってくれました。ホテルで幸せな気分に浸りながら飲んだビールの、なんと美味しかったことか！

▲マチュピチュ　空中都市
マチュピチュを見たとき、まさしく異次元の世界に迷い込んだような錯覚を覚えます。どうして山の中にこんな都市をつくったのだろう。どんな人たちが住んでいたのだろう。そして何をして暮らしていたのだろう。謎に包まれたマチュピチュですが、土地自体が、ぬくもり、温かさ、大いなる愛、大いなるほほ笑みを持っているので、世界中の人たちを魅了してやまないのだと思います。太陽の神殿、三つの窓の神殿、日時計のインティワタナなど、太陽に関係している石組が多く、太陽信仰と深く関わっていたのではといわれています。

詩について　——あとがきにかえて

私は以前から本を出版することは知っていました。何人ものチャネラーや透視能力者の友人らに教えられたこともあったのですが、なんとなく自分でもわかっていました。あるとき啓示によって見せられたのは、表紙が厚く立派なのに随分小さな本なのです。そして透明なカバーに帯がついて、本屋さんの平台に二列に積まれているのです。

光の写真集だとわかりました。私が世界の聖地で撮った光の写真の写真集だとわかったのですが、折角なら、写真の横に若い女性たちが元気になるような言葉を書こうと、ノートと鉛筆を持つと、なんとスラスラと書けるのです。自分でもびっくりしたのですが詩を書いているのです。しかもほとんどが一分で書けるのです。

自分の人生で今まで詩を書いたことなどありません。まずどういう反応をされるのかブログに載せようと思ったのですが、書いたのになかなかアップロードのボタンを押せないのです。詩は自分の感性です。まるで自分の裸を見られているようで恥ずかしくて恥ずかしくて躊躇しました。どう見ても自分でも幼稚な詩だなと思うような文です。

でも、一分で書いているということは、上から下りてきているということなので、思い切ってアップしました。すると、日増しに応援クリックが増え、励みになりました。個人セッションに来て下さる方から励ましのメールも頂き、とっても嬉しかったですし、続けていこうという気になりました。

その中から一通のメールを紹介します。

「れい華さん、初の試みの詩を読ませて頂きました！　一つひとつ読みながら、なんだか嬉しくて温かくて楽しくて、少しじんわり涙目になりながら、顔はニッコリ微笑んでいました。書いてくださって、ありがとう。

すごく率直で、スッと心に染み込む、れい華さんらしい詩だなぁ…と思いました。奇をてらったような表現や難しい言葉が無くて、れい華さんが経験や学びや魂から、自分で感じているそのままの表現が素直に並んでいて、それだけに、ハッとさせられたり、深いところの感情や感覚に触れたりするような感じがしました。

れい華さんの光と温かさで包まれるような心地よい空気が漂っていて、励まされて元気の出る、素朴で素敵な応援歌です。

れい華さんにしか書けない言葉があると思います。れい華さんにしか伝えられないことがあると思います。それを待ってる、必要としている、たくさんの人達がいます。これからも、楽しく続けてくださいね」


応援メールの他にも、友人の能力者からも「こういう言葉を書く人はいるけど、言葉にこれ程エネルギーの入っている人はいない。天界の存在たちとのダイレクトのコミュニケーションです」と誉めて貰いました。

だからクライアントさんに、見本でつくった詩と光の写真集を見せたとき、泣いた方が何人もいたのかと理由がわかりました。

その後、痛ましい東日本大震災が起き、被災された皆様を何とか励まそうと、鉛筆を持つと、元気になるような詩がどんどん下りてきました。大勢の人に届くといいなという思いで、ブログにアップしていました。

啓示を受けた、詩と光の写真のフォトブックができあがりました。

ほとんどの写真が聖地で撮っていますから、光の写真には神々のエネルギーが入っています。詩や写真に共鳴したら、覚醒したり、ひとりでにヒーリングが起きたりします。

どうぞあなたのパワースポット本として、バックの中やお近くに置いて、癒しの力を受けとってください。

この本で大勢の方に、愛と癒しと元気を与えられたらとっても嬉しいです。

PHOTO LIST

ライトワーカーれい華（Reika）

幼少の頃、神々と話をし、龍神と遊んだ記憶を持つ。

日本の神々や、海外の聖地の神々との神秘体験を数多く経験して成長。

宇宙の応援を受けながら、ヒーラー、ライトワーカーとして人気を得、全国からクライアントが来店する予約困難なヒーラーである。また、人気ブロガーとしても知られている。

田園調布に自宅兼セッションルームがあり、個人セッション、能力開発講座、ヒーラー養成講座を開催し、東京をはじめ全国でワークショップを展開している。

光の写真通販　http://ameblo.jp/light-worker-reika
HP　http://www15.ocn.ne.jp/~reika103/
Blog　http://plaza.rakuten.co.jp/reika0417/

光のギフト
～ライトワーカーれい華のフォトブック～

初　版　　第１刷発行　2011年９月21日
初　版　　第２刷発行　2012年５月21日

著　者　　ライトワーカーれい華
発行者　　韮澤 潤一郎
発行所　　株式会社たま出版
〒160-0004 東京都新宿区四谷4-28-20
TEL.03-5369-3051（代）
http://tamabook.com
振　替　　00130-5-94804
印刷所　　株式会社エーヴィスシステムズ

Printed in Japan
ISBN978-4-8127-0331-1　C0011